Kapitel 4: Feierlichkeiten und High Heels

BLESS

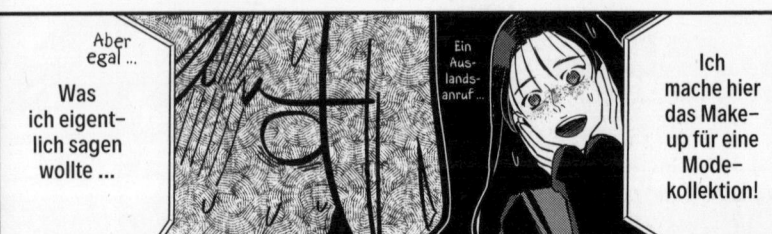

Aber egal ...

Was ich eigentlich sagen wollte ...

Ein Auslandsanruf ...

Ich mache hier das Make-up für eine Modekollektion!

Ich habe den Artikel gesehen.

!

Ehrlich gesagt war ich mir nicht sicher, ob es nach der Aoi-Con für dich weitergeht.

Aber du hast eine Zukunft in der Branche! Das hat mich so gefreut, dass ich glatt anrufen musste.

Der Morgenappell geht los! Ich muss auflege...

Bis dann ...

Oya

Ich hoffe, du machst weiter Fortschritte, bis ich zurück bin!

Stummschalten

Tasta

Mirror!

Anruf hinzufügen

Fac

Sagt dir das nichts? Das ist eine Make-up-Schule in Shibuya! Sie hat vor einem halben Jahr aufgemacht!

In der Branche ist sie eine kleine Sensation.

Mirror?

Einen Schüler dort sollte man sich anschauen.

Zumal wir gerade nach Berufswunsch gefragt wurden!

...

Es lässt mir keine Ruhe!

...

Ob ich will oder nicht ...

HA HA HA

Wooaaaah!

Wenn ich daran denke, dass ich hingehe, weil Oya mich provoziert hat, kriege ich allerdings

... eine totale Krise.

»Das Tollste an der Schule ist mein Lehrling!«

Nein! Ich gehe bloß hin, weil ich mehr über Make-up lernen will! Das ist alles!

Wir sind zwar kein Restaurant, aber ...

Einmal Mapo Tofu* bitte!

* Mápó Dòufū ist ein chinesisches Reisgericht mit Hackfleisch und Tofu.

Zumindest ist sie das jedes Jahr um diese Zeit.

Ich erreiche sie nicht. Bestimmt ist sie erkältet.

Ach richtig, wie geht es Sumisaki?

Im 21. Jahrhundert?!

Wa...

Ach so. Bitte tu mir den Gefallen und bring ihr das hier vorbei.

Als Geschenk!

Für ihr Casting habe ich ihr ein gebrauchtes Klapphandy vom Laden geliehen.

So was besitzt Jun-chan** nicht.

Du erreichst sie nicht? Hast du es auf ihrem Handy versucht?

** Verniedlichende Anrede für gute Freund*innen und kleine Kinder.

8

Aber kommt nicht auf dumme Gedanken! Eure Wohnungen sind keine kostenlosen Hotels!

O... Okay...

Ich muss den Tori-Jahrmarkt* vorbereiten. Deshalb komme ich hier nicht weg. Bitte schau bei Jun-chan vorbei, wenn du aufgegessen hast.

...

Okay...

* Jahresfest am ersten Tag des Hahns im elften Monat beim Otori-Schrein in Tokyo.

ZUCKEL

RATTER

RATTER

Jedes Jahr?

Ich frage mich, wie lange Sumisaki dort schon arbeitet.

ZUCKEL

Hier im fünften Stock ... aha ...

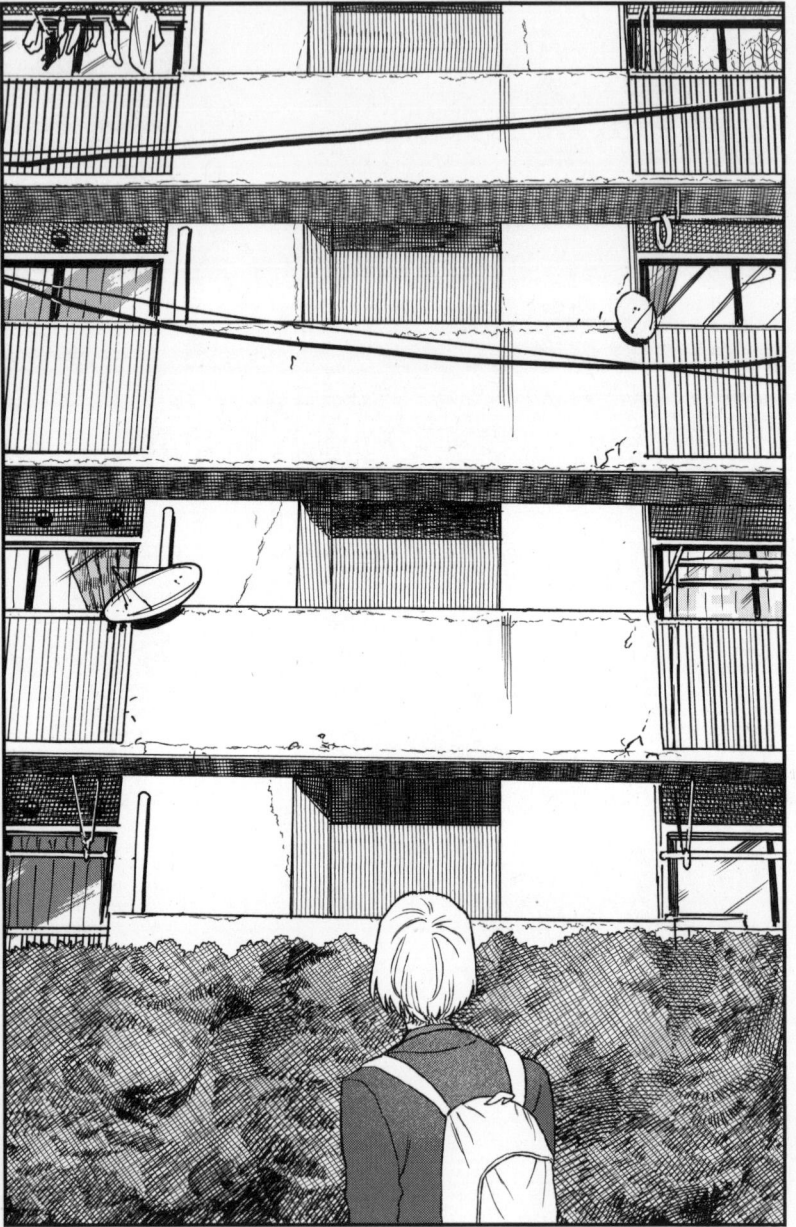

KIEKS

QUIEK

KREISCH

PFEIF

!

Ich
...
will
...
...
auch!

TAPP

TAPP

TAPP.

WEH-
!!

Hoppla!

Oh!

STOLPER

11

Hnnnn
...

HEUUUUL

Nhn
...

Den Traum hatte ich ewig nicht mehr.

Oh!

* Japanischer Meerrettich.
** Die Aufschrift besagt: »Katzen-Mah-Jongg-Salon«.

Ich gehe besser einkaufen.

FLAPP

Äh?

Arbeitest du schon länger dort?

Das sind alles Fotos berühmter Models.

Ja. Ich war schon in der Grundschule zum Spielen dort.

Ach so, das ist vom Chef.

Unglaublich, er hat recht! Du bist echt erkältet!

Der Chef kennt mich in- und auswendig.

KICHER

Weil ich so groß bin, wurde ich beim Versteckspiel immer sofort gefunden.

Deshalb habe ich nie viel mit Gleichaltrigen gespielt.

Ich habe gerade davon geträumt.

Genauer gesagt von einem Sommerfest in der fünften Klasse ...

Jun! Du bist schon wieder gewachsen!

SCHOCK

Selbst in voller Länge ist der Yukata* für dich zu kurz!

Aber **alle** Mädchen aus der Klasse meinten, sie tragen einen Yukata!

Den können wir wohl wegpacken.

Ich habe was für dich. Bitte sehr!

Echt?

* Leichter Sommerkimono.

Wow
...

BUMM

ドッ

BUMM

Das sind
Mamas!
Aber ich
leihe sie
dir!

Yukatas
sind toll! Aber
diese Schuhe
stehen niemand-
dem in der Klasse
besser als mei-
ner Jun-chan!

* Gegrillte Hühnchenspieße

YAKITORI*

OKONOMIYAKI**

ZUCKERW

** Japanischer Pfannkuchen.

ZUCKERW

Ich sehe viel mehr als sonst. Wie aufregend!

Wahnsinn ...

Ich fühle mich wie eine Dame.

Sieht so die Welt aus, die Models sehen?

* Gebackene Teigbällchen mit Oktopusstückchen. ** Gebratene Nudeln.

Brust raus ...

... und Kopf hoch!

Verstanden, Jun?

19

* Etwa 3 Euro.

Jun-chan!

Hu... Huch?

Was war das denn gerade?

Takoyaki 500 Yen*

Huhu!
Hier!

Arisa-chan ...

Ah ha ha!

Irgendwie typisch für dich!

Du trägst keinen Yukata, Jun-chan?

Wow, ihr seht hübsch aus!

Hey, aber ...

Nein, es gab keinen in meiner Größe.

Blümchen, Flausch und Glitter stehen nur kleinen, niedlichen Mädchen.

...

Große Mädchen

...

... sollten keine Absätze tragen.

Daran wird sich nie etwas ändern.

Ich schäme mich dafür, dass alle mir ständig sagen, wie groß ich bin.

Was ist los?

Uuuh ...

Warum nicht? Was hast du gegen Absätze?

Was?

Ich trage auch welche.

Und?

28

Ja!

Ja!

... dürfen also ...

... Absätze fragen.

Verstehst du? Deshalb will ich irgendwann in diesen Schuhen mit stolzgeschwellter Brust den Laufsteg herunterlaufen.

VOGUE

Dafür tue ich alles, was ich kann.

Und falls es nicht klappt ...

Su-misa-ki?

RUTSCH

... lache
ich laut.

Du
schaffst
das!

Wenn
das
jemand
kann,
dann du,
Sumisa-
ki.

32

Aia-kun*!

!

Diese Make-up-Schule in Shibuya. Ich überlege, hinzugehen ...

!

Wie geht es dir?

Gut.

Was hast du dir angeschaut?

33

Ich will dort mehr übers Schminken lernen.

Nach meinem Abschluss mache ich eine Ausbildung zum Friseur.

Dann lerne ich mehr über Modenschauen und dann ...

Dann ...

... schminkst du mich, richtig?

34

Wir stel-
len »mein
Portfolio«
zusam-
men?

Sumisa-
ki? Hast
du heute
Zeit?

Aber ich habe kein Handy.

Genau. Für das Portfolio ...

Bitte schneiden Sie die Preisschilder ab.

REIB

Genau.

Du musst dich verkaufen. Dafür ist es anscheinend besser, wenn du eine Werkschau hast, die du anstelle einer Visitenkarte vorzeigen kannst.

Neuerdings geht dafür wohl auch Instagram.

Wan

... fehlen nur noch ...

ZAGHAFT

Du kannst
das! Du machst
jeden Ort zum
Laufsteg! Egal
wo du bist!

Es wäre schade um dein Talent.

»Aber es ist schade um dein Talent.«

!

Verstanden.

Ich ziehe sie an.

Hey, Aia-kun!

Zumal ich es quasi dir zu verdanken habe.

Ja, locker. Ich habe von Herrn Mori ein fettes Gehalt bekommen.

Das hauen wir auf den Kopf!

Kannst du das überhaupt bezahlen, Aia-kun?

Davon mal abgesehen ...

40

... als würde ich hören, wie Aia-kun auf den Auslöser drückt.

Fast kommt es mir so vor ...

Slow Video Foto

Sieh dir das an, Jun!...

Du läufst gut!

Deshalb entspann dich! Alles ist gut!

Waaah ...

Du? Was wolltest du vorhin zu ihr sagen?

Sumisaki ... Jun-chan?

Jun-chan ist so groß und so cool ...

Wenn sie Stöckelschuhe trägt, wirkt sie als Einzige von uns erwachsen. Das macht mich schwermütig.

Jun-chan!

47

MIRROR

Früher habe ich es nicht geschafft, mich von dem winzigen Bildschirm meines Handys wegzubewegen.

Aber seit meiner Begegnung mit Sumisaki habe ich die verschiedensten Orte besucht.

Mmpf?!

KLONK

GATSCHAK

Da bin ich.

Wohl oder übel ...

O... Oroka-chan hat nicht aufgepa... Tut mir leid. Wirklich.

Huch? War das etwa meine Schuld ...

... Shitataka-chan?

Bist du der, der heute schnuppern kommt?

... aber der gleiche Knochenbau.

So verschieden ...

Sind das Zwillinge?!

Shitataka-chan, ich gehe schon vor.

Ah ... Ja ...

STAKS STAKS STAKS ST

Perfektes Timing. Gleich beginnen die Abendkurse.

Komm rein!

BLESS

Aia Udagawa
Geburtstag: 25. Dezember
Blutgruppe: A
Größe: 1,72 m
Familie: Lebt mit seinem Großvater zusammen.
Notiz: Da er das Hemd seiner Schuluniform frei wählen darf
... trägt er in der Regel eine Bluse.

Kapitel 5: Klassenzimmer

Willkom-
men bei
Mirror!

Jede Bewegung ist akkurat und sitzt auf den Punkt.

Wow... Der Typ ist unglaublich kunstfertig.

BLICK

Wobei mir das irgend- wie bekannt vorkommt.

Na, scho-ckiert?

Er ignoriert mich.

Wie unange-nehm.

SWRL

Ähm ... Sind Sie ... Lehrer hier?

Ach so ... Nein ...

Akiharu-kuns Art ist so etwas wie eine Masche.

Mirror hat keine Altersbeschränkung. Deshalb sind hier auch viele, die schon arbeiten.

Kein Problem! Tagsüber bin ich Angestellter und abends komme ich hierher.

Ich bin Schüler.

Oh ... Tut mir leid!

Ha...

An meinem ersten Tag trug ich einen Pulli in der Größe M auf links. Daraufhin fingen die Zwillinge an, mich MM zu nennen.

Emm ...

Emm ...

Emm! Emm!

KREISCH

KREISCH

KREISCH

Mein richtiger Name ist Hajime Taguchi.

Ah!

Das ist MM.

Emm Emm?

So heißen wir nicht wirklich.

Oroka? Shitataka?*

Ha!

Die Zwillinge Shitataka und Oroka sind eigenwillig.

* Im Original jeweils Wortspiele. Aia fragt hier in etwa: »Dumm? Brutal?« Die Pointe bleibt ein Dialog mit dem/der Leser*in.

Gestatten, Oroka und Shitataka Sumeragi.*

Wir waren früher Models. Das sind unsere Künstlernamen. Sieh zu, dass du uns nicht verwechselst.

Mach ich.

Da werden sie echt böse. Pass auf!

* Beide Vornamen enden auf -ka, was im Original durch das logographische Zeichen für »Blume« repräsentiert wird. Der Nachname »Sumeragi« wird mit dem Zeichen für »Kaiser« geschrieben.

Die drei erklären mir ihre Namen ...

Verflixt ...

... aber der da drüben beschäftigt mich so, dass ich ständig rübergucken muss.

Übrigens, deine Uniform ist von der Aoiyama-Oberschule, oder?

Ach so ... ja.

58

Bedeutet das etwa, dass Oyas Primus ...

Der Typ ähnelt Oya.

Wie er die Pinsel aus-sucht ... Wie er seine Hände bewegt ...

Sein Schmink-prozess ...

Wobei die Aoi-Con, dafür dass sie eine Attrak-tion ist, eher mau war.

Akiharu ist ein Rie-senfan von Oya.

Wir waren auch bei der Aoi-Con!

Er war sogar neulich bei der Aoi-Con, erin-nerst du dich? Nur weil Oya auch da war. Das war sein einziger Grund.

60

Waa

Mädchen, für dich [ge]modelt [hat], hat dich geküsst!

Du bist doch vom Gewinnerpaar der Aoi-Con, stimmt's? Ich habe euch auf der Bühne gesehen!

Echt?! Äh ... Ja ...

... aber insgesamt war es nur eine Schulveranstaltung.

Die Aoi-Con war zwar hübsch verpackt in Phrasen wie Schwung und Naivität der Jugend, Originalität und Individualität ...

... aber sie hat es voll erfasst.

O... Oroka-chan?!

Es wurmt mich zwar ...

... und sowohl ein hochwertiges, sattes Make-up als auch eine Bühnenperformance eingesetzt, um die Passion der Verwandlung auszudrücken.

Ich für meinen Teil hätte drei Models mit jeweils leicht abgeändertem Make-up gestaffelt hintereinander aufgestellt ...

...ist aber bestimmt extrem aufwendig!

Normalerweise schminkt man eine Person. Aber hier muss man Technik und Geschwindigkeit auf drei Personen verteilen und für jede Person das richtige Maß finden.

Klingt gut ...

ZAGHAFT

Ähm
...

Ihre Aussage zeigt, wie selbstbewusst und stolz sie auf ihre Fähigkeiten ist.

Nicht doch. Kein Problem.

O... Orokachan meint es nicht so. Sorry. Echt.

Das Licht backstage und das Licht auf der Bühne sind unterschiedlich.

W... Wobei sie recht hat.

STRAHL

Deshalb weichen Farbtöne und Glanz des Make-ups voneinander ab. Man testet besser schon im Voraus, wie stark.

Ich hätte mich lieber nicht ablenken lassen sollen.

Verstehe ...

... alles tun, um mich auszustechen!

Denn in Sachen Make-up werden diese beiden ...

Schön für dich, Akiharu-kun, dass noch jemand von deiner Schule da ist, was?

Ähm ...

Und der hier ...

... ist auch Oberschüler!

SWRL

KRIEK

GATSCHAK

MM...äh... san"? Die Masche, von der du vorhin sprachst ...

Ach so ... Die ...

Damit meinte ich Akiharu-kuns und ...

* Höfliche, geschlechtsunabhängige Anrede.

Akiharu! Schaffst du noch eine?

BÄMM!!

* Cabaret - Nachtklub für Hostessen.

Oje! Eher nicht, was?

Was? Ich kann aber nicht warten. Ich muss in 15 Minuten ins Kyaba*.

Ich erkläre es dir ...

Er - sein Name ist Osaki - nutzt seine Kontaktfreudigkeit, um die Mädchen anzusprechen und ein Netzwerk aufzubauen.

Umsonst - um Kontakte zu knüpfen und Erfahrungswerte zu sammeln.

Sie sprechen Mädchen in der Stadt an und schminken sie.

Die Auswahl der Mädchen ist breit gefächert - von Oberschülerinnen nach Schulschluss bis hin zu Mädchen vor ihrem Dienstantritt im Nachtleben von Tokyo.

Nakano-kun, der gut schminken kann, schminkt sie und verbessert so seine Geschwindigkeit und Technik.

Wie bitte?!

Ich denke, die 100 müssten sie inzwischen überschritten haben.

Hmmm
...

Und?

Und?

Ihr treibt
es echt
zu weit
mit eurem
Quatsch!

Außerdem
kommt gleich
der Lehrer!

Was?
Nein! Ich
traue dir
nicht.

Soll-
test du
aber!!

Ach ja,
du hast nur
noch 15 Mi-
nuten. Soll
ich dich
schmin-
ken?

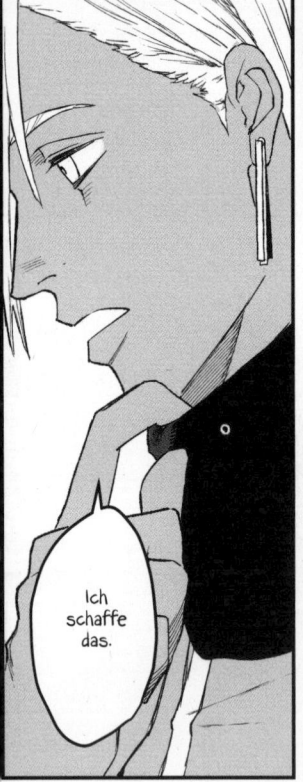

Ich
schaffe
das.

*Er kann sie
unmöglich beide
individuell in 15
Minuten fertig
schminken.*

Was wird
er tun?

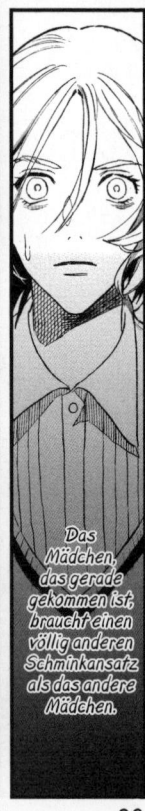

*Das
Mädchen,
das gerade
gekommen ist,
braucht einen
völlig anderen
Schminkansatz
als das andere
Mädchen.*

68

Bitte
setz dich!

Will er
etwa ...

Warte
mal ...

69

... *beide gleichzeitig schminken?!*

Will er das? Im Ernst?

Herrje. Ob er das wirklich schafft? Was?

KLEB

70

LEIER LEIER

Hier, mein Insta. Scroll durch!

Äh, ja ...

Ich sage dir, ihre Porträtfotos gehen viral!

LEIER

LEIER

PLAPPER

Du bist der, der zum Schnuppern da ist, oder? Weil ich dich zum ersten Mal treffe. Wow, ein Aoi-Schüler!

PLAPPER

PLAPPER

Äh ...

SST

Von Oberschülerinnen nach Schulschluss bis hin zu schönen Nachtfaltern! In letzter Zeit schminken wir sogar Göttergattinnen!

Du hast es doch eben gehört, oder?

Aha ...

SCHWALL

Das sind absurd viele Looks und Variationen!

Er hat recht, er schafft es.

Ich fass es nicht!

Er hat ein gigantisches Arsenal. Daraus wählt er jeweils exakt das richtige Make-up aus.

Auch jetzt gerade ... Er benutzt für beide das gleiche Werkzeug und die gleiche Schminke. Aber das Finish ist vollkommen anders.

... hat's drauf.

Der Kerl ...

Und? Was ist mit dir? Zeig mir deine Fotos!

Hm? Was ist?

Also ...

Während ich bislang nur Sumisaki geschminkt habe ...

Sachte, ihr Zwillinge! Wer im Glashaus sitzt ...

Wow, man kann also nur zwei Leute geschminkt haben und trotzdem die Aoi-Con gewinnen!

Und einer davon warst du selbst ...

Ugh ...

74

Schon gut. Ich verstehe dich.

Es ist nur ... Wie soll ich sagen?

Ah ... Tut mir leid.

Schau es dir ruhig aus der Nähe an.

Er ist
brillant.

Fertig!

...

*Wellen von
Bewunderung
und Respekt, aber
auch Kränkung
überschwemmen
meine Lunge und
rauben mir den
Atem.*

Bitte empfehlt uns weiter!

Danke-schön!

Unglaub-lich, dass er es echt geschafft hat.

Wahnsinn ...

Eine erstaunliche Qualität für die paar Minuten ...

Ähm ...

ZUCK

Ja. Er meinte, dass es hier einen Schüler gibt, den man sich anschauen sollte.

Hat Oya das gesagt?

Bist du Oyas Primus?

STRESS

Ich habe von dir gesprochen!

Nenn Oya nicht einen »Narr«!

Das kommt davon! Er ist vernarrt in Oya! Deine Worte waren zu viel für ihn!

Oje ...

Huch? Bist du der Gast?

Schau an ...

Ja ... Richtig!

WAPP

Oh mein Gott ...

!

Okay. Dann setzt euch bitte.

Das ist der Make-up Artist Hiro Morinomiya!

KLATTER

KLATTER

Udagawa-kun, setz dich bitte auf den Platz neben mir.

Udagawa.

Unser Besucher heute ist ... ähm ...

Make-up Basis
Grundlagen ①

Vielleicht tauschen wir uns kurz aus, bevor wir anfangen.

Oya ... Hikaru Oya hat mir von Mirror erzählt.

Wie hast du von Mirror erfahren?

Was?

Das ist ungewöhnlich.

Oya ist einer der Gründer der Schule. Normalerweise lädt er Kandidaten nicht direkt ein.

...

Du musst wissen, dass Mirror ursprünglich als gemeinsame Initiative von vier Gründern ins Leben gerufen wurde.

Sie debattieren mit Feuereifer darüber, wie sie die Schule zu einem Forum des Meinungsaustausches für den Nachwuchs machen können, über Themen wie Schminktechniken bis hin zur Zukunft der Industrie.

Und einer dieser Gründer ist Oya. Ein anderer bin ich.

Make-up Basis
Grundlagen ①

Die steigende Schülerzahl holte Sponsoren an Bord.

Je bekannter wir vier wurden, desto mehr sprach sich unsere Schule herum.

Und so kamen wir schließlich dazu, sogar dieses Studio hier für Abendkurse zu mieten.

Allmählich kamen immer mehr Schüler zusammen, die sich über die neuesten Make-up-Trends informieren oder ihre eigenen Techniken verbessern wollten.

Das wusste ich nicht ... Oya hat so was ...

Insgesamt haben wir Mirror ins Leben gerufen, um hier über die Grenzen von Alter und Beruf hinweg neue Make-up Artists auszubilden und zum Meinungsaustausch einzuladen.

Na ja, das war's in etwa.

Wobei ...

Je nach Wochentag haben wir andere Lehrer. Wir haben theoretischen Unterricht und ...

Falls du nach der Schule plötzlich Lust hast, vorbeizukommen, komm ruhig vorbei.

Wochentags ist von 17 Uhr bis 21 Uhr auf und samstags den ganzen Tag. Sonntags ist zu.

... die Schule durch ihre Gründungsagenda anders ist als normale Schulen.

Wer hier nur Gast ist, verschwindet zwangsläufig. Nur die Macher bleiben.

84

*Verstehe.
Wer hier nicht
proaktiv wird...*

*... bleibt
auf der
Strecke.*

Welcher
von beiden
Typen bist
du wohl?

Er will wissen, ob ich Gast bleibe oder Macher werde.

Er testet mich.

KRRT

Darf ich Sie bitten ... das hier und jetzt zu entscheiden?

Gute Frage.

Lassen Sie mich Ihnen mein Können zeigen!

BLESS

Jun Sumisaki
Geburtstag: 17. Juni
Blutgruppe: 0
Größe: 1,785 m
Familie: Lebt mit ihrer Mutter zusammen.
Notiz: Fährt mit dem Mofa zur Schule.

Lassen Sie mich Ihnen mein Können zeigen!

Ja.

Klingt gut. Bloß ...

Heute sind keine Models da. Deshalb ...

Auch ich will sehen, wie weit ich es schaffen kann!

KLATTER

Wie bitte?

Kannst du für ihn Modell sitzen, Shitataka?

Es geht los! Oroka Sumeragi demonstriert ihre Schwesternliebe!

Orokas Liebe für Shitataka sprüht Funken!

BOHR

STÖCKEL
STÖCKEL
STÖCKEL
STÖCKEL

Shitataka trägt mein Make-up! Willst du das etwa abwischen?

Es gibt nur eine Person, die Shitatakas individuellen Charme ultimativ und perfekt betonen kann! Und das bin ich!

Glaub bloß nicht, dass du das toppen kannst! Ein Oberschüler der keine Ahnung von nichts hat ...

!

Du hast recht. Ich habe kaum Erfahrung als Make-up Artist. Aber ...

Ich kann was und habe Ideen. Darin stehe ich euch in nichts nach.

Wie bitte?

Ja. Warum nicht? Zur Abwechslung?

Uaaah!

Easy, easy. Habt ihr nicht Lust, eine Shitataka zu sehen, die es so noch nie gab?

Shitataka? Du bist das Model. Was sagst du?

Freut mich, Shitataka Sumeragi!

Mich auch, Udagawa-kun!

Es ist Teil des Unterrichts, Oroka-chan! Das geht für mich in Ordnung!

Komm schon! Ist doch spannend, Oroka.

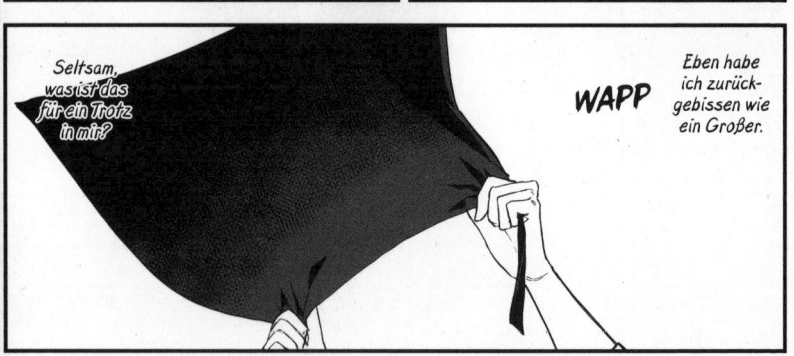

Seltsam, was ist das für ein Trotz in mir?

WAPP

Eben habe ich zurückgebissen wie ein Großer.

Ich kann nicht stumm bleiben, wenn man mich beleidigt.

Ich wusste gar nicht, dass ich so fühlen kann!

...

Ver-
stehe.

Es ist
wichtig,
dass man
auf seine
bisherigen
Erfahrungen
vertraut.

Trotz-
dem.

Was
ist
das?

Ein
Heft, in
dem ich meine
Make-up-
Konzepte
sammle.

Ich
dachte,
vielleicht
bringt mich
das auf
Ideen.

Das menschliche Gesicht ist keine Leinwand.

Man kann nicht einfach alles draufklatschen.

Jede Person hat individuelle Wünsche, Vorlieben und Komplexe.

Komplexe ...

Udagawa-kun?

Was ist der erste Schritt beim Make-up?

Aus-
tausch.

Falsch.

Gesicht
waschen?
Feuch-
tigkeits-
creme?

Äähm
...

Am Anfang
fragt man die
Person, die man
schminkt, nach dem
Zustand ihrer Haut,
ihren Plänen für den
Tag und nach ihrer
Stimmung.

So
entsteht
Make-up.

ZATT

Ääähm
...

...

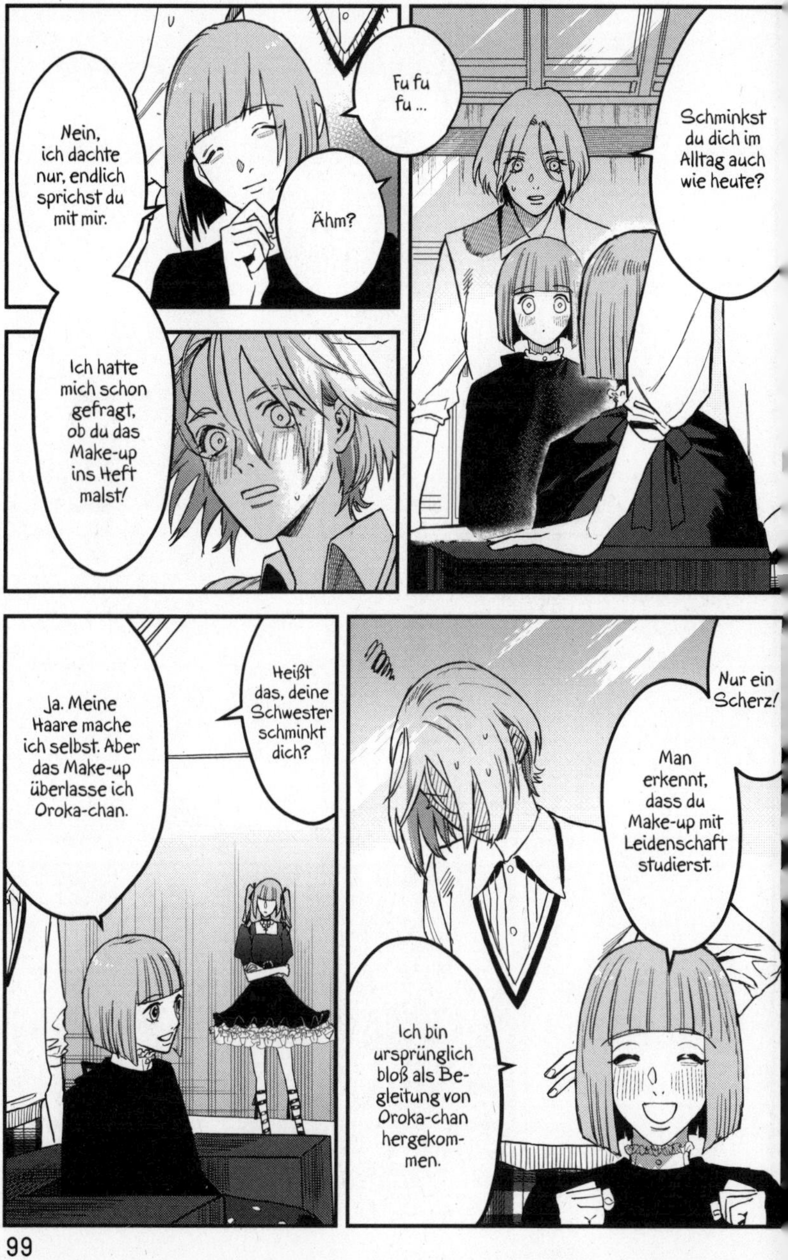

Nein, ich dachte nur, endlich sprichst du mit mir.

Fu fu fu ...

Ähm?

Schminkst du dich im Alltag auch wie heute?

Ich hatte mich schon gefragt, ob du das Make-up ins Heft malst!

Ja. Meine Haare mache ich selbst. Aber das Make-up überlasse ich Oroka-chan.

Heißt das, deine Schwester schminkt dich?

Nur ein Scherz!

Man erkennt, dass du Make-up mit Leidenschaft studierst.

Ich bin ursprünglich bloß als Begleitung von Oroka-chan hergekommen.

Dann hat Oroka-chan auch bessere Laune!

Das unterstreicht gekonnt Shitatakas sanfte Ausstrahlung.

Ihr Make-up ist in Pink- und Beigetönen abgerundet. Im niedlichen Mädchentypstil.

Gute Frage ... In der Regel nicht ...

HMMM ...

Schminkst du dich nie selbst?

Ich entferne das Make-up.

Oroka Sumeragi setzt auf Schlichtheit. Trotzdem erkennt man ihre kreative Idee dahinter und ihr Stilgefühl.

Goldener Highlighter soll verhindern, dass das Make-up zu schlicht wirkt. Gleichzeitig sorgt er für ein aufgelockertes Finish.

Kann mein Make-up Orokas überhaupt toppen?

Demnach müsste das Make-up, das Oroka Sumeragi für Shitataka Sumeragi ausgesucht hat, eigentlich die optimale Lösung für sie sein, oder?

Als Schwestern kennen sich die beiden von Natur aus gut.

... ein besseres Make-up kreieren?

Kann ich ...

Ich kann.

Ich will nicht verlieren!

Erstens! Austausch!

Welche Zeitschriften liest du so?

Hmm ...

Gar keine.

Echt? Tatsächlich habe ich das auch noch nie jemandem verraten.

Das ist überraschend.

S c h a r f ?

Ich hätte eher gedacht, du magst Süßigkeiten wie Schokolade und so.

Ihr Lieblingstier passt irgendwie auch nicht zu ihr.

BWOUMP

Ein Leguan ...

Wer wird denn da ...

... schwach?

Das trifft eher auf Oroka-chan zu.

Wobei sie sich nach Leibeskräften zurückhält, um ihr Gewicht zu halten.

Spannend!

Im Gespräch entdeckt man unerwartete Seiten!

104

Man muss sie nicht wahllos mit Worten bombardieren, sondern...

Was allerdings bedeutet...

Pfauenblau ... Wobei ich die Farbe normalerweise nicht benutze, deshalb bin ich mir nicht sicher.

Diese Farbe hier könnte schön damit aussehen.

Zum Beispiel diese Farbe.

Wenn ich die für den Eyeliner benutze, welche Farbe würdest du dann für den Lidschatten wählen?

Bei diesen? Wenn man sie mit Pinkbraun kombiniert, könnte diese hier hübsch aussehen.

Ver-stehe!

Okay, welche Farbe magst du hier lieber?

Gold, das ins Orange geht!

Irgendwie ethno, die Kombination.

...formt sich ein Bild!

Langsam...

Stimmt. Beide sind hübsch!

Wobei diese Farbe hier, glaube ich, besser zu meiner Kleidung passt.

106

Ein harter Lidstrich. Als Farbe wähle ich Pechschwarz wie die Nacht.

Sie hat hängende, aber große Augen. Wenn ich den Lidstrich über den Rand hinaus nach oben ziehe, wird ihr Blick noch ausdrucksstärker.

Ich runde alles mit einem coolen Finish ab.

Seine Pinselstriche werden schwungvoller.

Seine Farbwahl und Handbewegungen sind sicher.

Irgendetwas muss klick gemacht haben.

BATAMM

Mir reicht es!

Ich gehe zum Konbini* oder so!

STAKS STAKS

Nanu? Guckst du es dir nicht an?

* 24-Stunden-Supermarkt

Wenn man es runterbricht ...

... schminkt er Shitataka-chan genau umgekehrt zu ihrem Typ, oder?

Er schminkt sie herb, aber nicht grob ... verstehe.

Die Farben der jeweiligen Partien heben sich deutlich voneinander ab. Damit sie sich nicht beißen, schattiere ich die Ränder!

Wobei das Fundament ihres wahren Ichs Shita-taka-sans Liebe zu Oroka-san ist.

Ich verschaffe mir ein gründliches Gefühl für die Knochenstruktur. Dann schattiere ich, um die Süße zu dämpfen.

Ich setze die Highlights so, dass sie ihr verstecktes, wahres Ich hervorheben.

Wenn ich ihren Teint zart auf ihren Wangen einfange ...

... sehen wir bestimmt eine völlig neue...

... Shitataka Sumeragi.

...

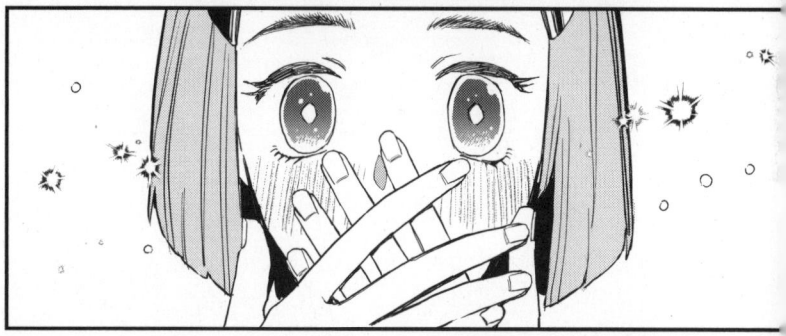

Bitte mach in zehn Minuten Schluss!

Als herbes Make-up à la Shitataka Sumeragi funktioniert es.

Ehrlich gesagt wirft es mich nicht um, **aber** es ist sorgfältig gearbeitet.

Ich bin so frei und greif dir ins Haar!

SCHWUPP

Noch zehn Minuten ... Wennschon, dann will ich auch was mit den Haaren machen!

Okay.

112

...

Mit anderen Worten hat sie das hier auch selbst gemacht.

»Meine Haare mache ich selbst.«

Ganz allein!

Ein ausrasierter Nacken, der so gar nicht zu ihrer niedlichen Ausstrahlung passt.

Ist es dir lieber, wenn ich das, was ich jetzt mache, vor den anderen abschirme?

Ja, dann ist Oroka-chan bestimmt überrascht!

SST

Hi hi ...

Was ist das?

Da bin ich wi...

Was ab hier bis zum Finish passiert, ist geheim.

Gut, was?

Aha ...

Das ist allein mein Geheimnis. Selbst Oroka-chan, die immer mit mir zusammen ist, weiß nichts davon.

Das ist meine Besonderheit. Sie erinnert mich daran, wer ich wirklich bin.

Das ist, musst du wissen, ein Ausdruck meines Egos.

Ego?

Es wäre schön, wenn Oroka-chan sie auch irgendwann entdecken würde.

Du trägst das, weil es dir gefällt.

Er ist nicht ausschlaggebend. Zumindest kann ich mir das nicht vorstellen.

Allerdings glaube ich, dass du auch ohne ausrasierten Nacken du selbst bist.

Stimmt!

Okay ...
Was möch-
test du tun,
wenn ich mit
dem Make-
up fertig
bin?

Du bist
der Erste,
glaube
ich.

Der
Erste, dem
ich gesagt
habe, dass ich
außer Oroka-
chan noch das
hier mag.

Gute
Frage
...

Ja!

Danke
fürs War-
ten!

...

Udagawa-
kun, bist
du bald so
weit?

V... Vielen Dank!!

Ein gutes Finish.

Das Herbe kommt nicht unerwartet. Aber du hast es mit der Süße kombiniert, die typisch für Shitataka ist und bist letztlich mit etwas Überraschendem gekommen.

Das ist der Schminkumhang, oder? Originell!

Er ist gefaltet!

Wow!

Das ist wahnsinnig hübsch!

Oder?

Oroka Sumeragi-san!

Anscheinend gibt es etwas, das Shitataka-san dir sagen will!

Aber eigentlich ...

Weißt du, Oroka-chan?

Den Afternoon Tea, zu dem wir immer gemeinsam gehen, den liebe ich auch.

... würde ich gern einmal einen chinesischen Feuertopf mit dir essen.

Hnn?

Was heißt, dass ich euch einladen muss ...

Auch als Willkommensfeier!

Hey! Feuertopf! Gute Idee!

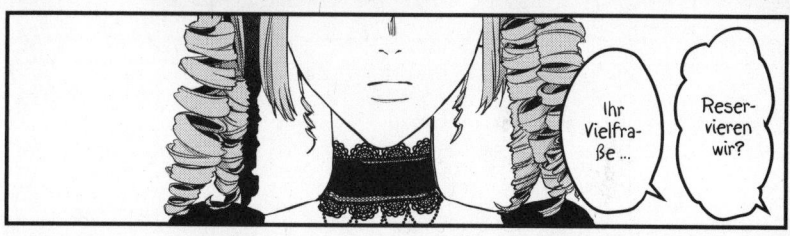

Ihr Vielfraße ...

Reservieren wir?

J... Ja?

Du.

Feuer-topf oder was auch immer ...

Du darfst auch mitkommen!

G... Gern!

BLESS

Kapitel 7: Glühen

BRODEL

KÖCHEL

KÖCHEL

KÖCHEL

BRODEL

Scharf!

Nakano-
kun, du
hast einen
gesunden
Appetit.

Das
Fleisch
schmeckt
super!

Oroka-chan,
wenn du Was-
ser trinkst,
brennt es nur
stärker!

Ich dachte nur, dass dein neuer Look erfrischend aussieht!

Findest du nicht auch?

Oh!

Aach ...

Was ist?

HAH

Ist der Undercut auch von Udagawa-kun?

I wo!

Der ist von Shitataka?! Wer hätte das gedacht?

Wusstest du davon, Oroka?

Kein Stück.

Leider sind Shitataka-chans Haare für mich tabu.

Trotzdem steht ihr auch der Undercut anstandslos gut!

STREICH

Apropos, Akiharu hat Shitataka auch geschminkt, als er zum ersten Mal da war.

GULP

Oroka-chan ...

!

Warte, ich hab ein Foto. Hier!

Redaktion

!

Die Abstufungen sind wahnsinnig schön!

Besonders im Abstufen ...

Ich bin mir sicher, wir hatten die gleichen Ausgangsbedingungen. Wie erwartet ist Nakano-kun beeindruckend gut!

Gute Frage!

Die Farben sind gut, aber sind sie unbearbeitet?

Sie glänzen so.

!

Ja, oder?

Du hattest zwar damals noch nicht so viel Routine wie heute, aber die Details sind echt sorgfältig gearbeitet.

Jo-san!

Ja, die ist super, oder?

Von den warmen Farben abgesehen verträgt sie sich mit Lidschatten in kalten Farbtypen gut.

Ich habe eine Lidschattenbasis von Elégance eingearbeitet.

Shin'iri-kun tupft einzelne Punkte auf und verbindet sie zu einer Linie. Aber Nakano-kun zieht nur einen einzigen Lidstrich.

Stimmt!

Darf ich mal? Shita-taka-chan?

Selbst der Schwalbenschwanz hat die perfekte Form, auch wenn er wie beiläufig gezogen scheint.

Zumal Augenbrauen echt schwer sind!

Am beeindruckendsten ist, wie natürlich ihre Augenbrauen gezogen sind. Wie bei einem Profi.

Es gibt also Leute in meinem Alter, die auf dem Niveau arbeiten!

Nur Puder ...

Nur Puder?!

Seit Neuestem tragen alle Augenbrauen im Pomaden-Look. Was hast du damals benutzt?

Ach, tut mir leid. Ich hoffe, das stört dich nicht.

Natürlich wurmt mich das. Trotzdem ...

Dass wir Nakano-kun und dich vergleichen, hat keine tiefere Bedeutung.

Nein ...

... Spaß.

Ich habe gera- de ...

Es macht Spaß, sich auszutau- schen.

Bislang habe ich meine Liebe fürs Schminken geheim gehalten. Ich habe immer bloß in mein Heft gemalt.

Es ist schön, dass es Menschen gibt, die das Gleiche mögen wie ich.

Okay, dann ...

Ich war nur happy.

Diskutie-
ren wir
weiter!

PSSCHAAAAH

Herr Morinomiya?

Wie wird man ein guter Make-up Artist?

An erster Stelle steht das Personal Branding.

Dazu gehört auch, dass man sich gut auf den sozialen Netzwerken präsentiert.

Na ja, da du den Ehrgeiz zum Profi hast, kann ich dir ein paar Sachen verraten.

Ich lerne selbst noch. ♡

...

Aber das wolltest du wahrscheinlich nicht hören.

... und ein Teamplayer sein.

Du musst dich flexibel anpassen können ...

... und handwerkliches Geschick.

... Empathie ...

... Vitamin B ...

Du brauchst kommunikative Kompetenz ...

Es kommt darauf an, wie gut du dazu in der Lage bist, dich einzufügen.

Zur Arbeit eines Make-up Artists gehören Model, Kostüme, Beleuchtung und ein Fotograf. Es arbeiten viele Leute zusammen.

Ein Teamplayer ...

... es in den Spiegel schaut und überrascht über das ganze Gesicht zu strahlen beginnt.

Ich zum Beispiel liebe den Moment, in dem ich dem Model den Umhang abnehme ...

Am allerwichtigsten ist jedoch, wieviel Spaß du hast.

Ja, unter hochgebogenen Wimpern ... Ich glaube, Make-up heißt, das Gesicht so zu schminken, dass es freudig erregt aussieht.

Echt? Ich glaube, ich schminke auch gern Gesichter im Ennui-Look.

Ich weiß, was du meinst! Die Augen funkeln dann so.

Hmm ...

Welches Make-up wird wohl dein Stil sein, Udagawa-kun?

Ich ...

Ich will Make-up kreieren, das die Menschen so zeigt, wie sie sind und sie stolz darauf macht.

Klingt gut.

Es ist nie falsch, sich für so ein Ergebnis ins Zeug zu legen.

Verstehe, Make-up, das das Selbstbewusstsein der Menschen betont.

... durch einen Ozean ohne Bojen zu schwimmen.

Die Frage ist, ob es mir Spaß oder nicht ...

Aber ich ...

RAUSCH

... habe weder die Erfahrung von Nakano-kun noch das Selbstbewusstsein von Orokachan.

Dein Gesicht ist nackt, meinst du.

Un...

Du hast die kreative Freiheit, so zu schminken, wie du willst.

Das ist gut.

ZZT

?!

Hey!

Aber das kann sich ja noch ändern.

GLUCK

GLUCK

Tolle Aussicht, was?

Ich habe weder Erfahrung noch Selbstbewusstsein.

Hey, lasst uns demnächst den Pokal für das beste typgerechte Make-up ausschreiben! Braun ist verboten!

Nakano-kun, bist du immer noch nicht satt?

KLACK

Und wennschon ... Oroka-chan und ich lassen uns nicht unterkriegen!

Komm, Udagawa! Mach mit!

Scheint ein Kampf um den Meistertitel der Beige-Experten zu werden!

Ist rötliches Braun auch Braun?

Außerdem habe ich inzwischen mehr als nur mein Heft.

Okay!

Ich habe Kollegen!

Ich verstehe dich.

PON

Dann gehörst du ab sofort auch zu der Gruppe, die vor dem Unterricht freestylt! ♪

Wenn man scharf isst, kommen einem die Tränen.

Perfektes Timing!

Es hat aufgehört, zu regnen.

Äh ... wobei?

Ach so ...ja, natürlich.

Übrigens ...

... seid ihr auch dieses Jahr dabei?

U21.

Ein Hair- & Make-up-Contest ...

Der Anreiz des Contests ist, dass der Sieger als Hair- und Make-up-Assistent bei einer Designershow dabei sein darf.

Im wahrsten Sinne des Wortes ein Wettstreit um das größte Talent in Hair und Make-up.

MM, gehst du aufs Klo?

Nein, nur kurz raus.

Aber ich drücke euch die Daumen.

Leider kann ich aufgrund der Altersbeschränkung nicht teilnehmen.

Neben den Designern selbst nehmen berühmte Make-up-Artists und die Sieger vom Vorjahr als Preisrichter teil.

Aufregend!

Das hier ist die Ergebnisliste vom letzten Jahr!

Dieses Jahr nimmt auch Akiharu teil. Das wird ein Aufreger, sag ich euch!

Platz 1

Platz 2

Platz 3   Jo Osaki

Platz 4

Platz 5   Oroka Sumeragi

Platz 6

Platz

Platz

Platz

Platz

Platz 11
Shitataka Sumeragi

Platz 3
Jo Osaki

Platz 5
Oroka Sumeragi

Weshalb dieses Resultat zeigt, wie hervorragend diese Leute doch sind.

Ein Wettbewerb, dessen Sieger als Assistent backstage bei einer Show dabei sein darf, ist tatsächlich etwas Besonderes.

Der diesjährige Topstar des Contests ist der berühmte Artist ...

TIPP
TIPP

Oya!

ド
ド

POCH...

Jetzt verstehe ich, warum er mich provoziert hat, herzukommen.

Mirror!

Sagt dir das nichts?

カ
リ
ッ

Oya will, dass ich den Contest gewinne.

Denn wenn ich siege, werde ich Oyas Assistent und kann bei einer Designershow mitmischen.

Natürlich trete ich an. Akiharu sicher auch ...

Ich ...

...gewinne.

Wow ...

Eine Kriegserklärung!

Am nächsten Tag ...

Und ich drücke euch die Daumen ... leider ...

Offenbar sind die Erwachsenen gestern noch durch zwei weitere Kneipen getourt.

Erwachsene

Nanu? So früh schon?

Ich hatte ...

... Hummeln im Hintern.

Wow! Du bist früh!

Aha?

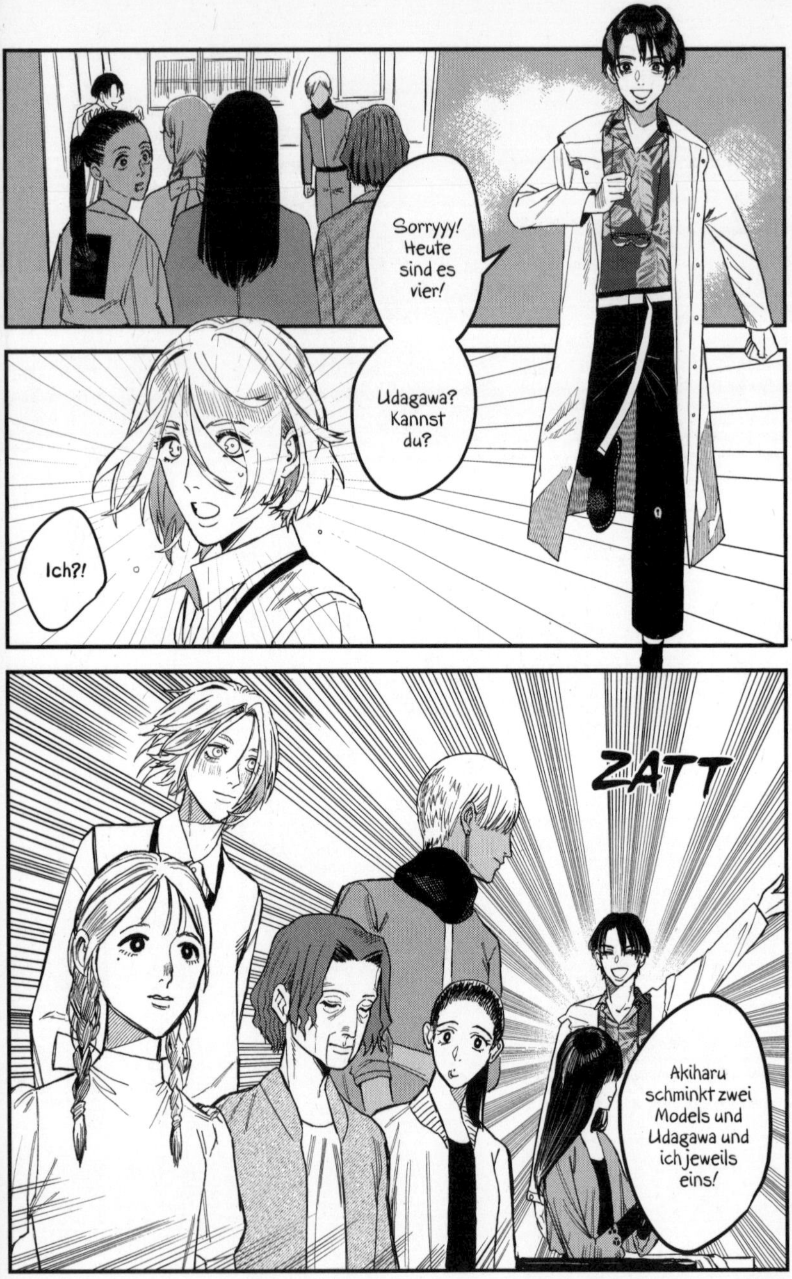

148

für Männer – Grundlagen

Apotheke

APO

Rezeptannahme

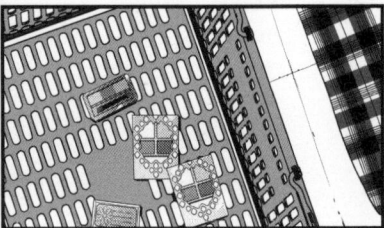

Su-
misaki!

Na?
Wieder
die Nacht
durchge-
macht?

Ja,
ich bin
ziemlich
busy.

Und
du, Su-
misaki?

Ich hab's
schon gehört!
Der Schauspiel-
klub und der Klub
für Unterhal-
tungsmusik
reißen sich
um dich!

Aia-
kun!

Ich
habe eine
Bitte!

Ich bin durch die schriftliche Auswahl gekommen. Bitte zeig mir, wie man sich natürlich schminkt!

D... Das würde ich dir lieber erst verraten, wenn ich angenommen worden bin!

Echt? Welches Casting?

Eines Castings!

Beim letzten Mal bin ich durchgefallen. Aber dieses Mal will ich die Kraft des Make-ups nutzen und kämpfen!

Schriftliche Auswahl?

Nein ...

Danke! Aber wenn du busy bist, zwing dich nicht.

Gerne. Ach so, und entschuldige, dass ich neulich abgesagt habe.

Wie typisch für dich!

Ich liebe das Gefühl, einen Marathon zu laufen. Ich will mehr und mehr davon!

Richtig.

Verstehe ...

Der Status quo reicht nicht aus.

Ich will noch mehr!

Mehr ...

Mehr ...

Mehr ...

Hä?

155

Was willst du denn hier?

Erkläre mir ...

... wie es an einem Make-up-Set zugeht.

Als Nächstes treten bitte alle bis zur Nummer 20 ein!

U21

Hair & Make-up

Casting für die Models

Weiter geht's in Band 3!

Die Bühne, die wir zu zweit in Angriff nehmen!

Auch so was wie heute ...

...vergesse ich sicher nie, selbst wenn ich erwachsen bin.

Sumisaki hat keine Routine mit Castings und ist entsprechend nervös. Aia strebt beim U21 Hair- und Make-up-Contest den Sieg an. Nachdem sich die beiden ihre Nervosität und Hoffnungen gestehen, kreuzen sich ihre Wege auf der Bühne ihrer Träume.

Ich will den U21 Hair- und Make-up Contest ...

... gewinnen!

BLESS 3

Bald im Handel erhältlich!

Erscheint in Japan im Shonen Magazine Edge!

TOKYOPOP GmbH
Hamburg

TOKYOPOP
1. Auflage, 2024
Deutsche Ausgabe/German Edition
© TOKYOPOP GmbH, Hamburg 2024
Aus dem Japanischen von Maria Römer

© 2022 Yukino Sonoyama. All rights reserved.
First published in Japan in 2022 by KODANSHA LTD., Tokyo.
Publication rights for this German edition arranged through
KODANSHA LTD., Tokyo.
Original cover design: arcoinc

Redaktion: Sabine Scholz
Lettering: Vibrant Publishing Studio
Herstellung: Shujun Wong
Druck und buchbinderische Verarbeitung:
CPI–Clausen & Bosse GmbH, Leck
Printed in Germany

Wir achten auf die Umwelt.
Dieses Produkt besteht aus FSC®-zertifizierten
und anderen kontrollierten Materialien.

ISBN 978-3-8420-9750-6